365
행복 한 스푼

오나리 유코 지음 박재현 옮김

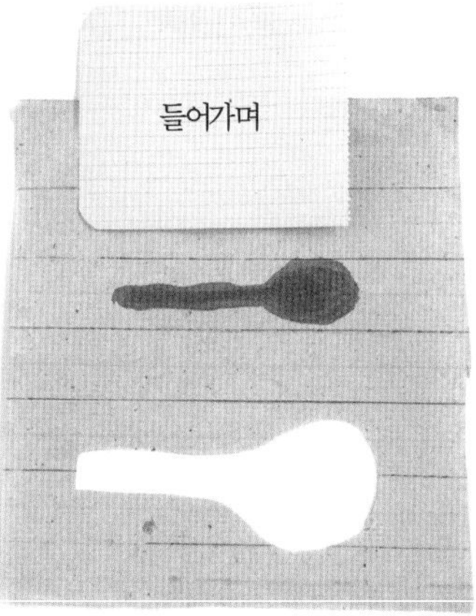
들어가며

매일, 매일
한 스푼의 즐거운 계획.
한 스푼의 마법을 걸자.
슬픔도 사랑할 수 있는
한 스푼의 행복한 말을!

365일 중 오늘을 펼친다.
365일 중 좋은 날을 본다.
365일 중 우연히 펼친 페이지.
365일 어디부터라도 읽어보세요.

Contents

365

행복 한 스푼

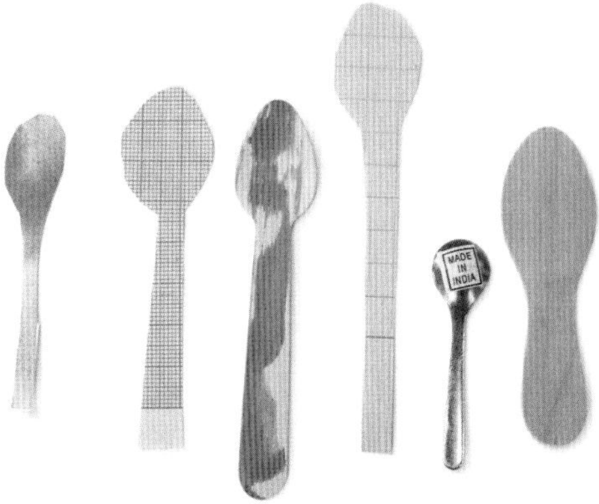
MADE
IN
INDIA

Happiness comes every day.
Wonderful plan of one spoon.

January

01

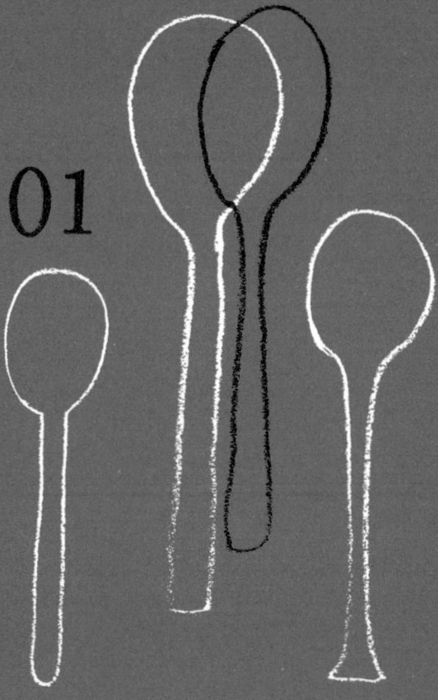

1月1日

Jan

한 스푼의 꿀을 애지중지 핥는다.

마치 마법인 양
꼭 한 스푼만
소중하게 혀 위에 얹는다.

새로운 한 해를 여는
행복 한 숟가락.

1月2日

Jan

꽃으로 장식한다.
집 안을.

침실도
부엌도
욕실도.

그리고
개집도.

1月3日

Jan

새로운 꿈을
적는다.

한밤에 꾼 꿈도.
한낮에 꾼 꿈도.
눈을 뜨고 꾼 꿈도.

1月4日

Jan

연인과
처음인 것처럼
키스를 한다.

1月5日

Jan

일출 시간을 알아보고
여전히 어둠이 내려앉은 시각에
먼 하늘까지 볼 수 있는 가까운 곳으로 나간다.
갓 태어난 겨울의 아침 햇살을 보러 간다.

1月6日

Jan

새 비누의
포장을 뜯는다.
향기를 맡는다.
그 비누의 양각을 손끝으로 어루만진다.

1月7日

Jan

냄비로
쌀죽을 쑨다.
냄비 안에서 춤추는 쌀알들.
냄비 끄트머리에서 거품이 보글보글.
묽은 죽.

절인 붉은 매실이
미음 속으로
슬며시 잠기는 모습을 지켜본다.

1月8日

Jan

롱코트를 입고
빙그르르 돈다.
옷자락을
휘날린다.
그리고
빙긋.

1月9日

Jan

길에서 만난 고양이에게
말을 걸어본다.
냐오옹
하고
고양이 말로.

1月10日

✳

Jan

자전거 페달을 밟으며
얼어붙을 것 같은 밤하늘을
올려다본다.

개가 하늘을 보고 짖듯이.

1月11日

Jan

먼 데 있는
사랑하는 사람과
전화하면서
같은 달을 본다.

1月12日

Jan

아침
동창東窓의 커튼을
힘차게 단숨에 젖힌다.
챠르랑
경쾌한 소리를 내면서.

빛을
온몸으로 받아마시듯이
흠뻑 쬔다.
마치 아침밥처럼.

1月13日

Jan

우울해하는 친구에게
수프를
만들어준다.

송송 야채를 썰어 넣은
따끈따끈하고
맛있는 수프.

1月14日

Jan

달이 차고 이지러지는 것을 안다.

겨울 태양은
낮고
겨울 달은
높게 뜬다.

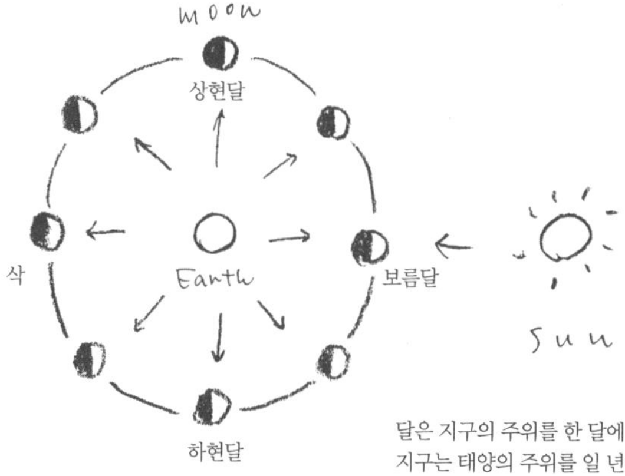

달은 지구의 주위를 한 달에 걸쳐 돈다.
지구는 태양의 주위를 일 년에 걸쳐 돈다.

1月15日

Jan

[브로치]

내내 말하지 못했던 말을
고백하기로 한다.

도중에 기죽지 않도록
부적을 대신하여
빛나는 브로치
하나를 골라
가슴에 달고 간다.

1月16日

Jan

사랑하는 사람의 눈동자에 있는
내 얼굴을
응시한다.

1月17日

Jan

마음에 드는
스푼을
빛이 쏟아지는 테이블에
키 순서대로 놓아본다.

1月18日

Jan

고타츠*에서
아이스크림을.
제일 마음에 드는 스푼으로.

* 일본식 테이블 히터

1月19日

Jan

오랫동안 연락하지 않은 친구에게
용기 내어
전화를 건다.

1月20日

Jan

추운 공원에서
핫 코코아를 마신다.

후우 불고
김이 어디로 향하는지 본다.
김의 흰색과 흐린 하늘색을, 비교한다.

어느 쪽이 흴까?
어느 쪽이 고울까?

1月21日

Jan

멀리 돌아서
연인을 만나러 간다.

1月22日

Jan

망설임도
즐거움 중 하나.

1月23日

Jan

먼 나라에 대하여 생각해본다.

내가 아는 세계와는
전혀 다른 생활이
같은 시간
동시에 이 세상에 존재한다는 것.

학교에 가지 않는 사람.
사냥하는 사람.
회사에 가지 않는 사람.
알몸으로 산책하는 사람.
이런 것들을 생각한다.

1月24日

Jan

따끈한 카페오레로
손바닥을
데운다.
양손으로.
감싸쥐고.

1月25日

Jan

늘 타는 지하철
낯선 거리에서 내려본다.

낯선 거리의 목욕탕에
들어가본다.
낯선 사람과 이야기를 나누면서
온탕에 몸을 담근다.

1月26日

Jan

피리를
불어본다.

1月27日

Jan

사랑하는 사람의 손바닥을
마음을 다해
애지중지
쓰다듬는다.
사랑스럽게.
부드럽게.

1月28日

Jan

베개 모포 시트 이불
폭신하고
깔끔하게 개켜
『다녀올게』
말을 건네고 나선다.

1月29日

Jan

겨울의 후지산을 보러 간다.

1月30日

Jan

「구름을 먹는다」

구름을 만지는 상상을 한다.
구름을 먹는 상상을 한다.
팔을 쭉 뻗고서

만일 입에 넣은 구름이,
맛없는 과자 같다면,
어떤 시럽을 뿌릴지 생각한다.

1月31日

Jan

내내 주저하고 있던 것을
결심한다.
용기를 갖고
자기 안에서 들리는 소리를 따른다

02
February

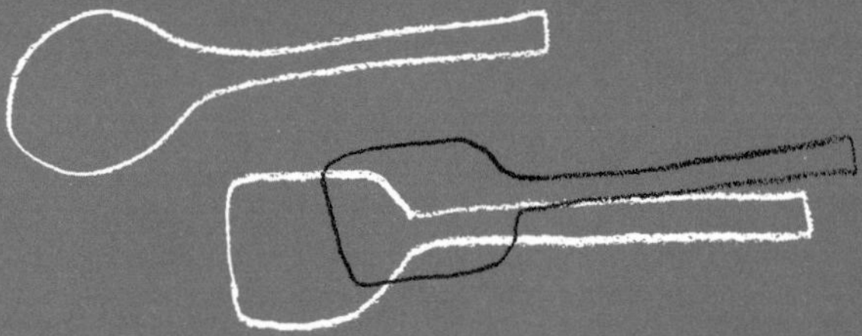

2月1日

Feb

한밤중
홀로 있을 때
사랑하는 사람의 이름을
살며시 부른다.

한숨처럼.

2月2日

Feb

감자로
포타주수프를
넉넉하게
만들어둔다.

아침 빵에
저녁 밥에.
따끈하게 가슴을 데워주는 수프.

2月3日

Feb

마음에 드는 색
마음에 드는 무늬
마음에 드는 감촉의 종이를 모아
편지봉투를 만든다.

어떤 색을 누구에게 보낼까.
제일 예쁘게 만들어진 것은
누구에게 줄까
생각하면서.

2月4日

Feb

[서릿발 즐기기]

1 일찍 일어나서 서릿발을 밟는다.

2 서릿발을 옆에서 바라본다.
(얼음궁전)

3 서릿발의
작은 얼음 기둥에
아침 햇살이 투명하게 비치어 굴절되는 모습을 본다.

4 사박, 서벅서벅, 부순다.

2月5日

Feb

커피를 끓이고
소중한 초콜릿
세 알을 먹는다.

2月6日

Feb

짝사랑 하는 사람이
좋아하는 것
기뻐하는 것
언제나 즐거운 듯이
이야기하는 것을
떠올려본다.

무심코 빙그레
웃음 지을 선물을
주기 위해서.

2月7日

Feb

입술에
키스를 하려는
듯
다가가
콧방울에
키스.

2月8日

Feb

전등을 끄고
양초 불빛으로
욕실에 든다.

욕조에 비친 불빛을 본다.

수면에 흔들리는 불빛을 만지고
꽃잎처럼 흩뿌린다.

2月9日

Feb

얼어붙을 것 같은 매서운 겨울바람,
겨우 집에 돌아와
따끈하게 물 끓여
겨울철 중국차, 팔보차를 끓인다.

살구 구기자 대추 목이버섯 국화꽃—
각양각색의 색채가 흔들리는 것을 보면서
후후 불며 홀짝.
김을 쐬어
얼어붙은 속눈썹을 깜박이며 녹인다.

2月10日

Feb

[눈사람]

거리에 눈이 쌓이면
희고 깨끗한 눈을 긁어모아
눈사람을 만든다.
손바닥에 얹힐 정도의.

냉동고에 넣고 때때로 인사를.

2月11日

Feb

[눈 산책]

눈 산책에
나선다
거리에 눈사람이 몇 개나 있는지
세면서 걷는다.

큰 것도 작은 것도 몽땅.
부서진 것도 훌륭한 것도.
집 앞이나 공터나 학교에도
모두 모두 모두

2月12日

Feb

오븐 문으로
스펀지케이크가
부풀어 오르는 것을
빨개진 얼굴로 본다.

2月13日

Feb

「발렌타인(짝사랑 편)」

후회하지 않도록—

자, 계획을 실행.

2月14日

Feb

[발렌타인(연인 편)]

초콜릿을 준 뒤
연인의 속눈썹에 키스한다.

매우 정성스럽게
마음을 담아서.

호호, 웃어주고 손바닥에 키스를 한다.
입술은 맨 마지막에.

2月15日

Feb

[리셋]

밤—
하루를 리셋 할 생각으로
이빨을 닦는다.
0으로 리셋.

내일은
또
새로운 나.

2月16日

Feb

[인사]

아침—
새로운 나에게
「처음 뵙네요.」
라고 인사할 생각에
얼굴을 닦는다.

잠이 확 깨는
차가운 물로.

2月17日

Feb

따스한 타이즈
와
부츠
와
니트 모자.
그리고
다운 코트로
극한 속 겨울 산책을 나선다.
동장군 따위엔 질 수 없다.
성큼성큼 걷는다.

2月18日

Feb

부드러운 천으로 가죽구두를
정성껏 닦는다.
밀랍이 든 크림.

반짝반짝 빛나는 구두를
현관에 가지런히 놓고
황홀하게 바라본다.

2月19日

Feb

아침 햇살이 떨어져 내린다.
이부자리의 밝은 부분을
손바닥으로 만진다.

2月20日

Feb

구운 푸딩을 한 스푼씩.
혀에 얹어 으깨면서
천천히 음미한다.

2月21日

Feb

초봄에 부는 강풍의
시끌벅적한 소리에 귀를 기울인다.
그 소리를 들리는 대로
노트에 적어본다.

쓰레기통이 넘어지는 소리.
새소리, 나뭇가지 흔들리는 소리.
쓰러지는 바지랑대 소리.
자전거 넘어지는 소리.

하늘 멀리
봄의 휘파람—

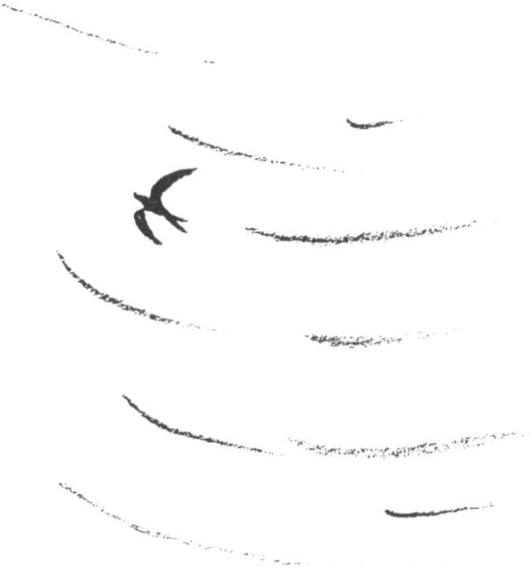

2月22日

Feb

시큼한 매실절임으로
매실차를 끓인다.
매실 나뭇가지 하나를
방에 장식한다.

2月23日

Feb

욕조에서
잠수해
중얼중얼 말한다.

2月24日

Feb

먼
지구 뒤편 나라의
낯선 집에서, 맛있는 빵이
향기롭게 구워지는 것을 상상한다.

빨래가
예쁘장하게 펄럭이는 것을 상상한다.

2月25日

Feb

앙앙
어린애처럼
소리내어
울어본다.

2月26日

Feb

잠시
뒤좇지 않기로 한다.
아무것도.

2月27日

Feb

쌍안경으로
별똥별을 찾는다.

2月28日

Feb

오버코트에
새하얀
봄 스커트를 입는다.

오버코트에
카고 백을 든다.

2月29日

Feb

4년 뒤의 약속을 한다.
가능한 한 즐거운 것.
마음으로 기다려지는 것.
4년이라는 시간이 필요한 것.

서로,
아이디어를 짜내어
굳은 약속을.

03
March

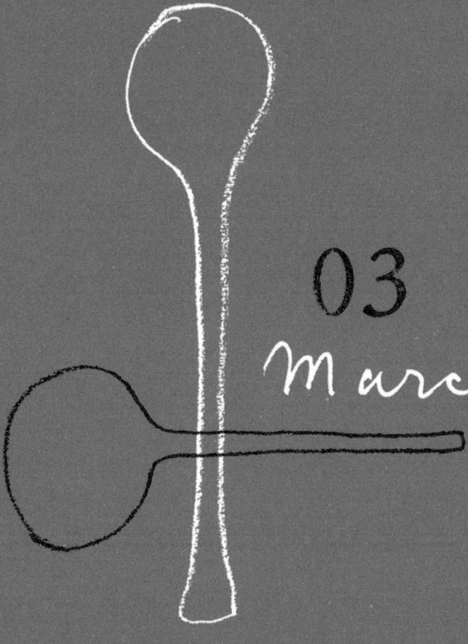

3月1日

Mar

자.
멈춰 생각해보자.

내가
가슴 설레는 것은
어느 쪽
길일까.

3月2日

Mar

화사한 튤립을
한 아름.

방에 색을 꽂듯이
빛을 꽂듯이
크게 꽂는다.

3月3日

Mar

작은 히나인형*과
복숭아꽃을
테이블에 장식하고
여자 친구와
점심을.

* 여자아이의 행복을 기원하며 제단에 장식하는 작은 인형

3月4日

Mar

오늘은
철저하게
농땡이치자.

3月5日

Mar

공원에
모포를 가져간다.

벤치에 앉아서
모포로 무릎을 덮고
친구와
따끈한 음료를 마신다.

3月6日

Mar

산책 중
구멍을 발견해
들여다본다.

3月7日

Mar

간신히 찾아낸 것에
말을 건넨다.
『보고 싶었어!』
라고.

3月8日

Mar

꽃잎 같은
봄 함박눈을
손바닥으로 받는다.

눈이 체온으로 고요히 녹고
마치
눈물 자국 같은 물이 될 때까지
가만히 바라본다.

3月9日

Mar

때가
찰 때까지
기다린다.
기다린다.
기다린다.

3月10日

Mar

살아가는 게
무섭지 않은 사람은
없다는 것을 안다.

3月11日

Mar

외톨이라는 걸
모르는 사람은
없다는 것을 안다.

3月12日

Mar

포기하지 않기로 한다.
오늘 하루만이라도.

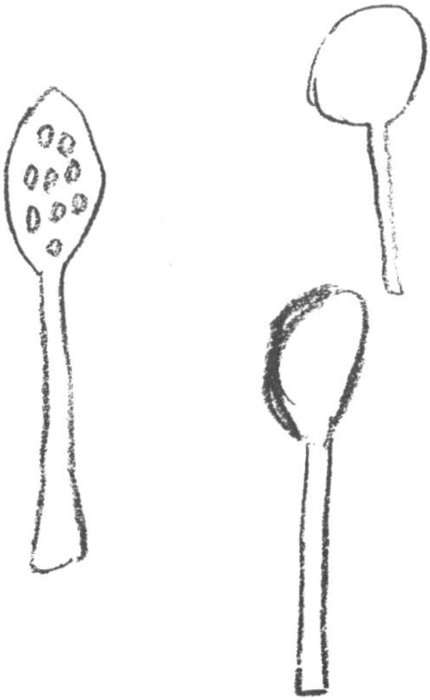

3月13日

Mar

학교 옥상
정글짐
빌딩의 계단—
높은 데 올라
흐린 하늘을 내려다본다.
바람에 흩날리는 셔츠.
새로운 마음을 들이마신다.

3月14日

Mar

친구에게
편지를 보낸다.
꽃이 그려진
기념우표를 붙여서.
봄의 음악을 동봉해서.

3月15日

Mar

연인과
손을 잡고 잔다.
같은 밤을 보내기 위해.

3月16日

Mar

연인과
이마를 맞대고 잔다.
같은 꿈에서 놀 수 있도록.

3月17日

Mar

큼지막한 흰 접시에
그림을 그리듯
샐러드를 그득 담는다.

흰 색도 빠뜨리지 말 것
너무 꽉꽉 눌러 담지 말 것
빨간 토마토는 꼭!

3月18日

Mar

멀리 떨어져 있는
친구를 생각한다.
보고 싶은 사람을 세어본다.

3月19日

Mar

「좋은 사람」

세차고 큰 봄바람에
맞서듯 서서
눈을 감는다.
바람이 이마를 어루만진다.

「좋은 사람」
「좋은 사람」
하고 봄바람에게 칭찬받는다.

3月20日

Mar

봄밤의 북두칠성을 찾는다.

3月21日

Mar

[봄의 땅]

삽으로
초봄의 땅을 일군다.
양분 그득한
포슬포슬한 낙엽(부엽토)을 뒤섞는다.

땅에 손을 집어넣고
잠시 눈을 감는다.
봄의 수분과
따스함을 확인하기 위해.

3月22日

Mar

봄방학 중인 초등학교에 몰래 들어가
철봉에
몸을 맡겨 빙그르르 회전해본다.

3月23日

Mar

옅은 초록의
쑥차를 끓인다.

봄의 향기.

정오가 지나.
흑설탕 카스텔라를 곁들여.

3月24日

Mar

우울해하는 친구의
손바닥과 손가락을
성심껏 마사지해준다.

위로의 말은
그만두고
어깨를 주물러준다.

3月25日

Mar

[씨앗 뿌리기]

씨앗을 뿌린다.
다독다독 흙을 덮고
물뿌리개로 물을.

흙이 촉촉이 젖으면
쪼그리고 앉아 턱을 받치고
빛나는 초록에 덮인
초여름의 마당을 머릿속에 그린다.

3月26日

Mar

해변 마을

바람이 센
해변 마을에서

하늘에서 내려오는
갈매기의 깃털을
사뿐히
잡는다.

3月27日

Mar

노란 유채꽃의
푸르른 향기 속에
웅크려 앉는다.

3月28日

Mar

창을 열고
새소리를 찾는다.
공원에서
새소리를 찾는다.
역으로 향하는 길에서
새소리를 찾는다.
혼잡한 거리에서
새소리를 찾는다.

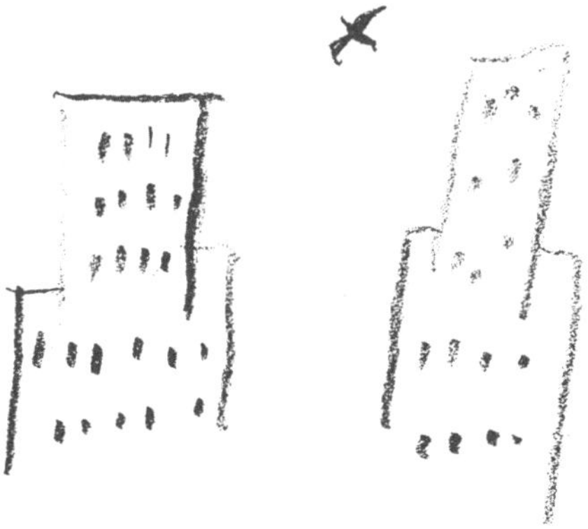

3月29日

Mar

연인의 머리를
쓰다듬어준다.

연인에게
내 머리를 쓰다듬어 달라고 한다.

3
月
30
日

양

Mar

시계를 벗는다.

3月31日

Mar

화해하기 위해
사과한다.
진심으로.

04

April

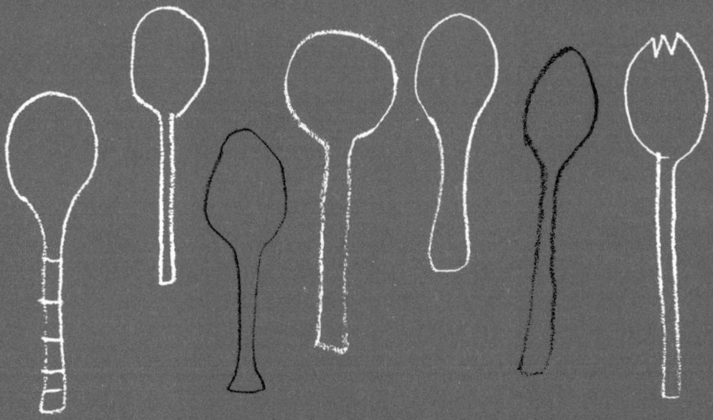

4月1日

Apr

봄 맞바람에
스커트를 나부끼며
선다.

바람의 힘을
몸으로 받기 위해.

4月2日

Apr

[사쿠라모치*먹기]

뽀얀 찹쌀가루, 도묘지**는 간사이 식으로.
벚꽃색의 얇은 껍질은 간토 식으로.
벚꽃의 이파리 염장도 남김없이.

* 벚나무 잎을 두른 화과자
** 찹쌀을 쪄서 말린 과자

4月3日

Apr

벚나무 아래에
친구와
약속의 보물을 묻는다.

4月4日

Apr

햇볕이 잘 드는 자리에
앉아서
점심.

4月5日

Apr

새 구두를
신어본다.

또각 또각
마룻바닥을
기쁘게 걷는다.

4月6日

Apr

바람 부는 날을 골라
벚꽃 보러 간다.

나뭇가지 올려다보며 벚나무 아래에 서서
꽃잎 눈을 온몸으로 맞는다.

4月7日

Apr

갓 피어난 새싹의
작고 푸른 것의
부드러운 이파리를
손바닥으로 쓰다듬는다.

4月8日

Apr

「주먹밥 부대」

작은 주먹밥을
많이 아주 많이 만든다.
앞으로 나란히
올망졸망
접시에 어여쁘게 정렬.

4月9日

Apr

[벚꽃 띄운 목욕물]

벚꽃이 소복하게
쌓여 있는 곳에 쭈그리고 앉아
꽃잎을 양손으로 긁어모은다.

살랑살랑
만진다.

욕조에 넣으면
벚꽃 둥둥 목욕물 완성.

4月10日

Apr

[으스름 달]

녹아내릴 것 같은
노란 봄날의 달을 보면서
한 입, 핥는 상상을 한다.

커스타드크림처럼 달까.

옥수수수프처럼 부드러울까.

바나나주스처럼 향기가 좋을까.

4月11日

Apr

새 노트에
내 이름을 쓴다.

4月12日

Apr

화사한 꽃다발이 그려진
코튼 플레어스커트를
찾으러 가자.

4月13日

Apr

와플을 굽는다.

고소한 향기가
피어오르는 방에서
메이플 시럽을
듬뿍 뿌리고
하얀 사워크림을 얹어
친구들과 함께 입 안 가득 먹는다.
입술에 묻은
달콤한 시럽도
남김없이 날름.

후다닥 와플

계란 2개
우유 160cc
버터 60g
밀가루 1과 1/3컵
소금 한 꼬집
베이킹파우더 작은술 2개
설탕 작은술 1.5개
바닐라에센스 조금

1. 계란을 섞는다.

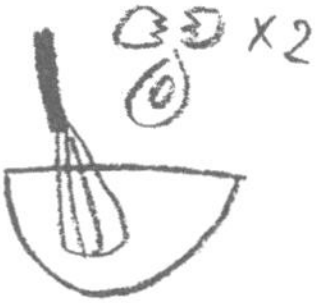

2.

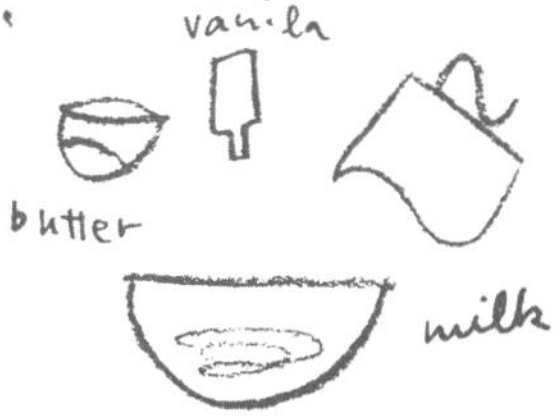

우유, 버터, 바닐라에센스를 섞는다.

3.

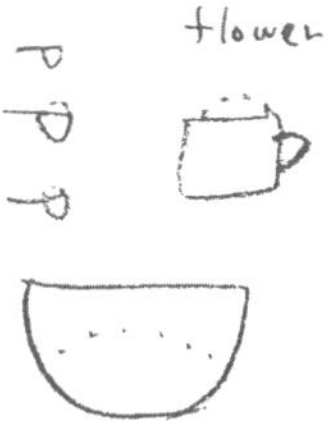

다른 볼에 밀가루, 베이킹파우더,
설탕, 소금을 섞는다.

4.

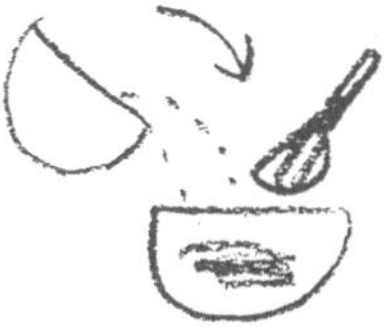

2에 3을 넣고 잘 섞는다.

5.

와플기로 노릇하게 굽는다.

4月14日

Apr

변덕쟁이 밤의 벚꽃.
소금에 절인 벚꽃 얹은
팥빵.
벤치에 앉아 한 입 가득 먹으면서.

4月15日

Apr

이불 속에서 책을 읽는다.
바로 곁에, 차가운
탄산 미네랄워터를 준비하고.

4月16日

Apr

[손바닥을 예뻐하는 날]

따끈한 차나 뜨겁게 데운 타월로
손바닥을 충분히 데우면서
꽃 오일로 손가락 하나씩 마사지.

마지막으로 연인에게
손등에 키스 하나 받는다.

4月17日

Apr

「연인의 손바닥을 예뻐하는 날」

연인의 손바닥을 쓰다듬는다.
따뜻하게 한 뒤에 마사지.
꾹, 꾹, 손가락 지압을.

마무리로
손바닥에 키스.

4月18日

Apr

[꽃차]

재스민 향기 나는
중국 공예차를 끓인다.

붉은 천일홍 꽃이
찻잎 속에서
홀연히 떠오르는 봄날의 차.
물속 꽃처럼 흔들흔들.

투명한 유리컵에서.
여자 친구와
빛이 있는 오후에.

4月19日

Apr

[봄잠]

천천히 일어난다.
가능한 한
천천히
아침밥을 먹는다.

4月20日

Apr

민들레를 뜯는다.

4月21日

Apr

[만난 적 없는 친구]

먼 아시아의
산악 국가를, 생각한다.
티비도 라디오도 전자레인지도 없는 곳.
낮은 지붕의 집, 마당에 나부끼는 빨래.
부엌에서 수증기가 피어오르는 죽.

그곳에 살고 있는
만난 적 없는 또래의 친구를
떠올린다—

지금, 그 사람은 무엇을 하고 있을까.

4月22日

Apr

낯선 마을에 가본다.
모르는 뒷골목에서
걷기를 그만두고
멈춰
지면에 앉아본다.

4月23日

Apr

아름답게
아름답게
잠자리를 매만지고
거기로 다이빙!
온몸으로 돌진한다.

포옥하고
얼굴을 파묻는다.

4月24日

Apr

가위를 들고
봄철 잡초를 뜯으러 간다.
괭이밥 민들레 개불알꽃 제비꽃
개망초 뱀딸기 냉이
토끼풀—

아스팔트 틈새에 돋아 있던
별꽃.
싹둑 잘라서 테이블로.

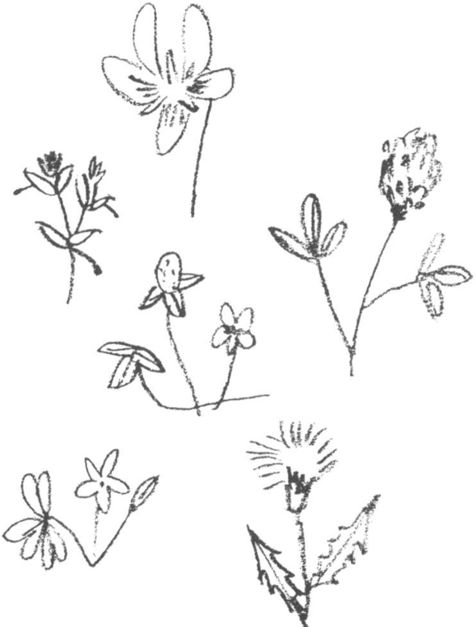

4月25日

Apr

비와 흐린 하늘이
이어지는 날.
하늘색 꽃을
테이블에 장식한다.

4月26日

Apr

해질녘
노란색 유채꽃 피어 있는 길에서
「어스름 달밤」의 노래를 부른다.

4月27日

Apr

[공부]

봄꽃의 이름, 새의 이름을
도감에서 찾아본다.

늘 다니는 길에서 흔들리는 풀꽃들을
이름으로 부르려고.

전깃줄에서 사랑 노래를 부르는 봄새를
그 이름으로
희롱하기 위해.

4月28日

Apr

하루 만에 만들 수 있는
편한 바지나 에이프런을 짓는다.

4月29日 ✳ Apr

슬프고 다정한 영화를 보러 간다.
혼자서.

마음껏 울기 위해서.

4月30日

Apr

[로맨틱 1]

재스민 꽃이 달린 가지 하나를
침실에 장식하고 잠을 잔다.
새로운 사랑을 꿈꾸기 위해.

향수를 뿌린 듯한
꽃내음이 감도는 밤 속으로.

05 May

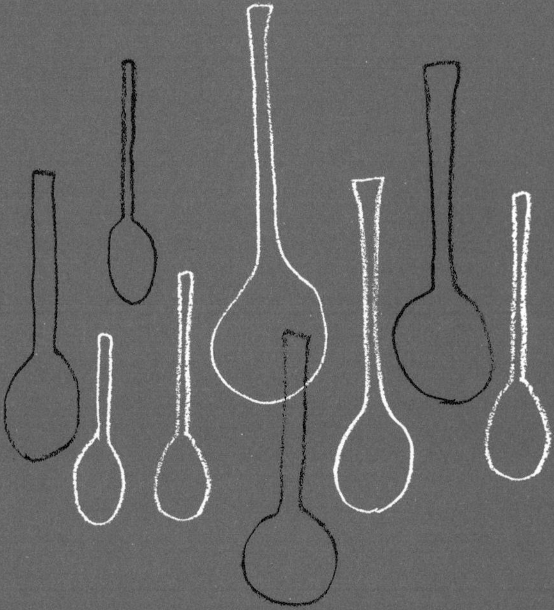

5月1日

May

새로운 음악을 찾는다.

5月2日

May

넓디넓은 강으로 나간다.
강변의 풀 위에 드러누워
하늘을 들이마신다.

5月3日

May

간식으로
새빨간 딸기를 수북이 담는다.
연유를
듬뿍 끼얹고.
달달한 과육을 어금니로 깨문다.

5月4日

May

힘을
힘껏, 아주 멀리.

공을
힘껏, 아주 높이.

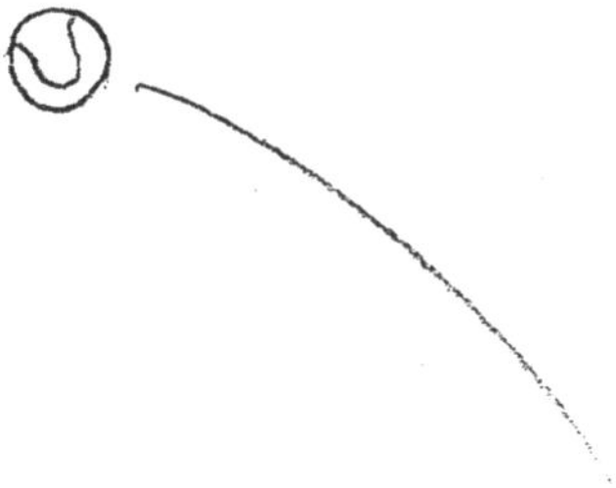

5月5日

May

망설여진다면—
내 안에 있는
어린 아이에게
물어본다.
『어떻게 하는 게 즐거워?』
『뭐가 좋아?』

5月6日

May

어린 아이와 이야기한다.
—대등하게.

어린 아이와 이야기한다.
—어른스럽게.

5月7日

May

신록 안에서
마치 이파리가 된 듯이
오전 중의 태양 빛을 쬔다.
—광합성을 한다.

천천히 가슴을 부풀려
한껏 산소를 마신다.

5月8日

May

과일주스로
다채로운 색상의
셔벗을 만든다.

5月9日

May

하늘 푸른 날.
민트 사탕을 핥으면서
애플주스.

몸속 가득히
5월의 바람이 일고
심호흡.

5月10日

May

제비가 날아가는 모습을
지켜본다.

5月11日

May

넓은 차양의 모자를
손에 넣는다.

5月12日

May

연인의 가슴에 귀를 대고
심장 소리를 듣는다.

그 소리를
목소리로 흉내 내
연인에게 들려준다.

[사진 찍기 좋은 날]

익숙한 경치의 사진을 찍는다.
가능한 한 마음에 둔 적 없는 것을 골라서.

예를 들어 맨홀
전구 편의점 흐트러진 책상, 역의 지하도
손잡이 재떨이 철망 횡단보도 등—

프레임 안에서 사랑스럽게 보이는 것을
찾으며 걷는다.

5月14日

May

풀을 만진다.

클로버의 꽃 왕관.

네잎클로버를 찾는다.

5月15日

May

[공중산책]

돌연,
둥실 다리를 공중에 들고
조금씩 몸이 떠오르는 상상을 한다.
지상에서 10미터쯤 공중을 걷는 나.

그대로 가까운 곳을 산책할 때
발아래 펼쳐지는 경치는 어떨까?

5月16日

May

[수증기가 나는 간식]

간식으로 찜통에
샤오롱바오(중국식 만두)를 찐다.

친구와 마주앉아
찜통의
뚜껑을 열고
함께 수증기를 쬔다.

5月17日

May

역에서
사랑하는 사람을 기다리며
초여름의 전차 소리를
듣는다.

5月18日

May

반팔 소매로
들어온 바람이
스윽, 가슴을 지나서
배로
빠져나갔다.
간질거려서
웃는다.

5月19日

May

[5월의 샐러드]

아스파라거스 강낭콩 상추
오이 완두콩 브로콜리—
초록의 것들만 모아서
샐러드를 만든다.

5月20日

May

아침에 일어나자마자
뜨거운 목욕물에 들어간다.

뜨거움에
지그시 눈을 감고
뜨거운 물과 수증기로
얼굴을 닦고
잠을 깨운다.

5月21日

May

송이버섯 밥을 짓는다.

5月22日

May

딸기시럽을 만든다.

완성된 시럽을
빛에 비추면
투명한 빨간 형체.

딸기시럽

1.

딸기 200g
설탕 170g
물 1/2컵

2.

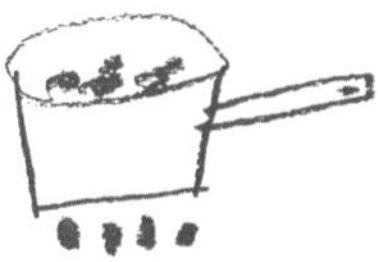

뚜껑을 열고
딸기와 물을 강불에 끓인다.

3.

딸기가 하얘지고
물이 빨개지면
설탕을 넣는다.

4.

거른다.

5.

병에 담는다.
딸기시럽 완성.

5月23日

May

보드라운 신록에
얼굴을 대고
뺨으로
이파리를 만져본다.

5月24日

May

줄넘기를 한다.

5月25日

May

마음에 이끌려
공원의 미끄럼틀을
탄다.

5月26日

May

새로운
여름 샌들을 장만해
맨발로
외출.

5月27日

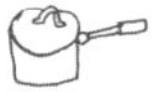

May

잠두콩을
껍질째 삶는다.
수증기가 피어오를 무렵
말랑말랑한 껍질을 벗기고
소금을 뿌려
손가락으로 집어먹는다.

5月28日

May

꿀 토스트를 정성껏 만든다.
구수하게 구운
노릇한 빵에
버터를 듬뿍. 가장자리까지.
빛나는 벌꿀을
끈적하게 떨어뜨려
부드럽게 스며들게 한다.
씹을 때마다 입 안에서
구수하고 달콤한 맛이 배어나오는
꿀 토스트.

5月29日

May

유리잔에
레모네이드를 담고
머들러로
두드린다.

조금씩 보면서
몇 번이고 두드려
그 음계를 즐긴다.

정오가 지날 무렵에.
화창한 날에.

5月30日

May

푸른 하늘 가득히
빨래를
널어 나부끼게 한다.

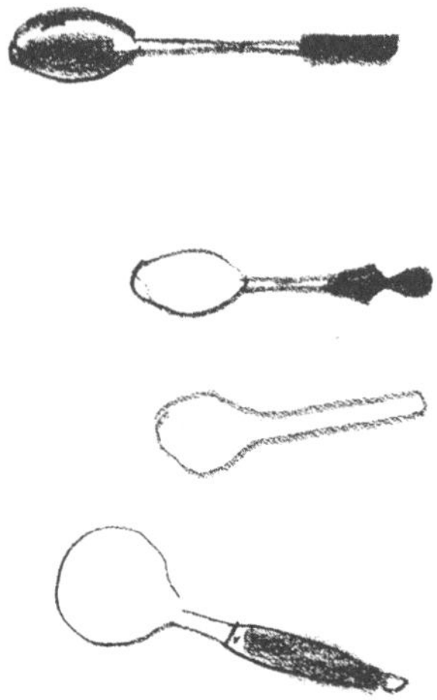

5月31日

May

외로움을 부끄러워하지 말자.
「사랑받고 싶다」고
바라지 않는 사람은 없으니까.

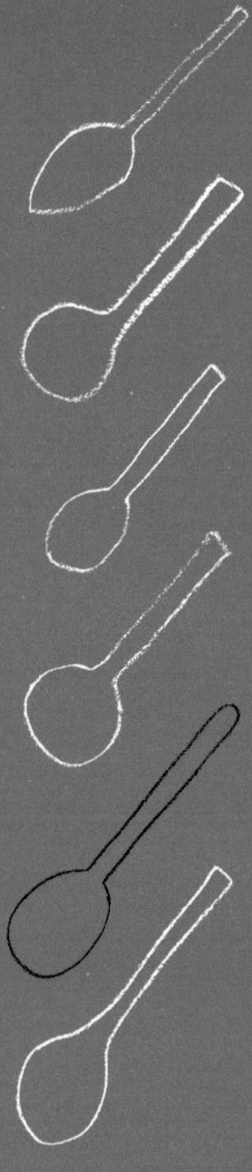

06
June

6月1日

Jun

「이불 커버 바꾸기」

서늘한
여름 시트 위에서
개구리헤엄으로
첨벙첨벙.

6月2日

Jun

아침에 물을 뿌린다.
작은 무지개를
마당에 만든다.

6月3日

Jun

여름날.

친구와
길가에서
시원한 탄산수를
마신다.

6月4日

Jun

[오늘의 날씨]

눈을 감고
먼 나라의 오늘 날씨를
떠올려본다.

남극의 오로라.
핀란드의 백야.
열대우림의 스콜.
기아나 고지에
일 년 내내 내리는 안개비.

6月5日

Jun

체리를 먹는다.
매끈한 껍질을
알사탕처럼 핥다가
혀끝으로
터뜨린다.

달콤한 과육을
소중히
아주 소중히
입 안에 퍼뜨린다.

6月6日

Jun

집 안의
냄비를 닦는다.
반짝반짝하게!

6月7日

Jun

빗소리를, 듣는다.

6月8日

Jun

비 냄새를, 맡는다.

6月9日

Jun

비를 손바닥으로
받아본다.

6月10日

Jun

만일
울고 싶은 기분이라면
하늘을 올려다보고
비를 온 얼굴로 받아본다.
눈물 대신에

6月11日

Jun

포도를 으깨서
신선한 포도주스를 만든다.
(과육 덩어리가 반들반들 뜨는 것)
막 짜낸 것을 꿀꺽꿀꺽 마신다.
친구나 연인에게도 만들어줄까.

6月12日

Jun

[수국 지도]

노트와 연필을 들고 산책.
동네 근처 수국의
분포지도를 만든다.

6月13日

Jun

매실 향기 맡으며
매실주를 담근다.
술에 약한 사람은 꿀로
매실시럽을.
비파 열매로
비파주와 비파시럽도.

일주일마다 열매가 어떻게 변하는지 관찰한다.
병을 신나게 흔들면서.

매실시럽

비파로도 만들 수 있다.

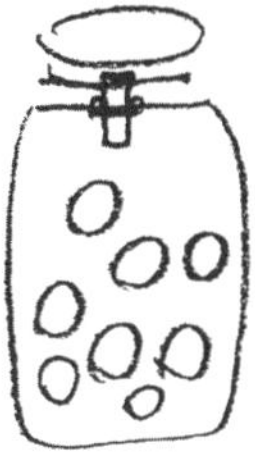

매실 1kg
벌꿀 1000ml

소독한 병에 넣고
개봉은 2개월 뒤에.

6月 14日

Jun

[비를 즐기는 방법 1]

투명한 우산을 찾아,
그 꼭대기에서부터
투명한 비가 흐르는 것을 본다.

빗소리에
이름을 붙여본다.

6月15日

Jun

「비를 즐기는 방법 2」

비 속
마음껏 철저하게
흠뻑 비에 젖는다.

집에 돌아가
곧 욕조에 몸을 담근다.

6月16日

Jun

「비를 즐기는 방법 3」

멀리서
천둥과
소나기를 본다.

몸속을
씻어내듯이
그 물소리를
차박차박 쬔다.

6月17日

Jun

「비를 즐기는 방법 4」

장화를 신고
큰 물웅덩이에
첨벙 하고
들어간다.

6月18日

Jun

[비를 즐기는 방법 5]

연인과 빗속 데이트를.

우산 안에서, 살며시 키스한다.

우산 안에서
둘이서 빗소리를 듣는다.

6月19日

Jun

연인의 등을
부드럽게 안는다.

6月20日

Jun

운다,는 것은
부활하는 과정 중 제1 단계.
부활하기 위해 운다.

6月21日

Jun

[하지*]

가능한 한 북쪽으로 나가본다.
가능한 한 일찍 일어나서
하루가 시작하는 시간을 확인한다.
오늘은 일 년 중 가장 낮이 긴 날.

* 6월 22일 무렵

6月22日

Jun

비가 갠 뒤의 냄새를 맡는다.
돌연 치자나무의 냄새.
풀냄새.
아스팔트 냄새.
흙냄새.

여름의 냄새.

6月23日

Jun

「푸른 하늘을 마신다」

비 갠
투명한 푸른 하늘을
빈 유리병에 담고
그것을
꿀꺽꿀꺽 마시는 상상을 한다.

가슴 속에 푸른빛이 꽂히듯이.

6月24日

Jun

수국을
부엌에 장식한다.
접시를 닦으면서
매일
꽃의 빛깔이 변해가는 모습을 본다.

6月25日

Jun

비 내리는 날에
잘 익은
다디단 골든키위를
반으로 잘라
스푼으로 떠먹는다.

뚝뚝
처마 끝에서
끊임없이 떨어지는 빗방울을 보면서
빛 같은
금빛 과일을 먹는 행복.

6月26日

Jun

시원해 보이는 줄무늬의
마(麻)로
귀여운
에이프런을 짓는다.

6月27日

Jun

[비 갬]

친구에게
『아이스캔디를 먹으며 걷자』
고 제안한다.

6月28日

Jun

[구름에 타는 방법]

물웅덩이 안의 푸른 하늘에
발을 넣는다.

물웅덩이 하늘의 구름에
살며시 발을 얹는다.

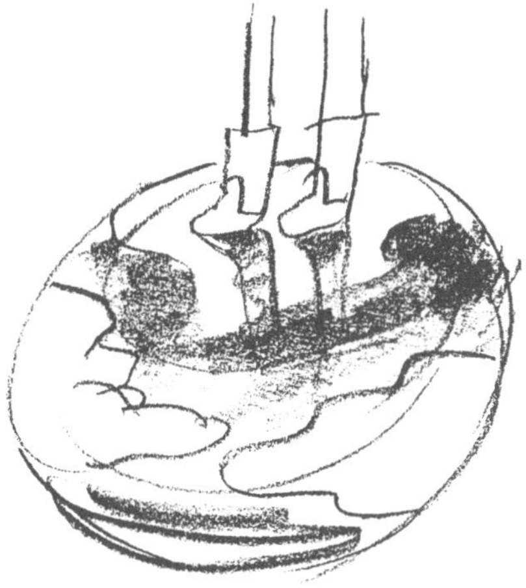

6月29日

Jun

흐린 하늘 가운데서
비눗방울을 날린다.

멀리.
비눗방울이
어디까지 하늘로 높이 날아가는지
갈 때까지 쫓아가
지켜본다.

6月30日

Jun

베개에—
꽃향기 오일 몇 방울.
꽃다발이 된 듯한 마음으로
잠든다.

July

07

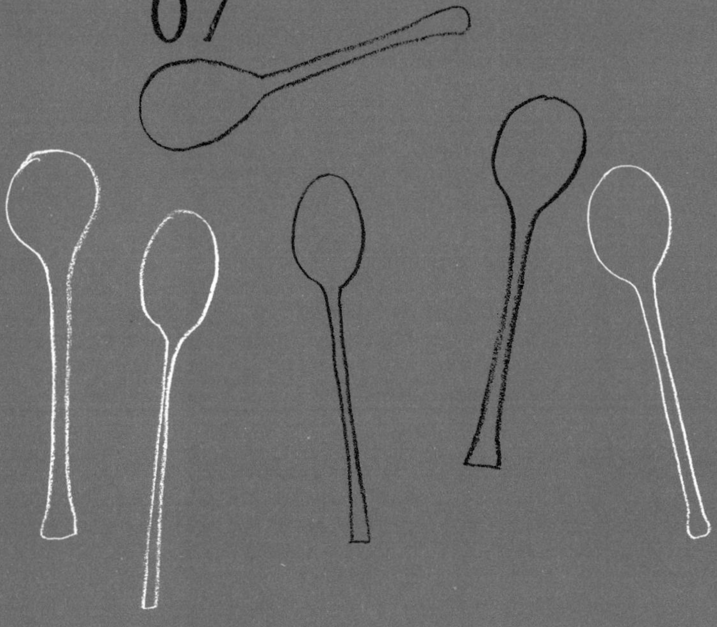

7月1日

Jul

뭉게구름을 찾는다.

7月2日

Jul

[반딧불이를 보러 간다]

풀내음 나는 강가에 웅크리고 앉아
빛의 실을 눈으로 좇는다.

손바닥으로 살며시 감싸
손가락에서 새어나오는
아담한 빛을 본다.

다시
하늘로 날린다.

7月3日

Jul

아침 욕조에 들어가
노래를 부른다.

7月4日

Jul

믹서로
바나나주스를 만들어본다.

바나나 1개
우유(요구르트)
꿀

거품이 인 곳을, 먼저 마신다.
코 밑에 콧수염 같은
달콤한 거품을 묻히고.

7月5日

Jul

선풍기 앞에서 소리를 낸다.

와와와와와 하고
떨리는 목소리로
노래를 부른다.

사랑하는 사람의 이름을
불러본다.

7月6日

Jul

바닷가로 가서
파도 냄새를
가슴 가득 들이 마신다.

7月7日

Jul

[붉은 강낭콩]

붉은 강낭콩을 삶는다.
양파 드레싱으로
콩 샐러드를 곁들인 마리네Marine ·
만들어둔다.

7月8日

Jul

보리차 속 얼음
뎅그렁 뎅그렁 울리고
일부러 요란하게 흔들면서
소란스럽게 즐기며, 차를 마신다.

7月9日

Jul

나팔꽃 씨앗을 뿌린다.

7月10日

Jul

새로 산 여름옷.
거울 앞에서
홀로
이 옷 저 옷
패션쇼.

7月11日

Jul

백합 한 송이의
냄새를 맡는다.

7月12日

Jul

가슴을 펴고 심호흡.

죽을 것 같은
어려운 이야기나
작은 상자에
갇힌 듯한
빤한 소리는
이제 필요 없다.

7月13日

Jul

옥수수를 삶는다.
노란색 따끈따끈한 것을
버터 간장 맛으로.

7月14日

Jul

장마가 개면
유리창을 닦는다.

여름의 초록과 적란운이
잘 보이도록—

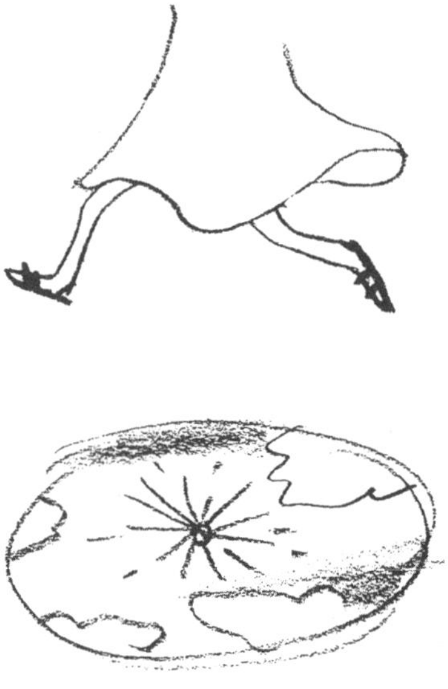

7月15日

Jul

플레어스커트를 입고 깡충깡충.
스커트 안으로
바람이 들어오게
사뿐히.

7月16日

Jul

[거품 잡기]

물속에 잠겨
거품을 본다.

입에서 나오는
거품의 은빛을 눈으로 좇아
그 형태를 끝까지 바라본다.
손으로 잡는다.

7月17日

Jul

장갑을 끼고 산책한다.

때때로
생각난 듯이
달려본다.

7月18日

Jul

유유히
살구잼을 만든다.
향이 좋은 씨앗도 넣어서.
즐기는 것은 한 달 뒤에.

살구잼

1.

씨앗을 제거한 살구 700g
설탕 400g를 묻힌다.

씨앗 속의
흰 알맹이를 꺼내고
얇은 껍질을 벗긴다.

2.

하룻밤 재워두면
수분이 배어나온다.

3.

수분만 먼저 끓이고,
졸여지면 과육을 넣고 끓인다.

부드러워지면 으깨어
A를 넣고 섞는다.

4.

병에 담으면 완성.
긴 잼 스푼.

7月19日

Jul

숲속이든
큰 가로수 아래든
주르륵주르륵
매미소리에 젖어 걷는다.

7月20日

Jul

샤워한 뒤의
한숨.

수영한 뒤의
한숨.

하얀 오후 2시 무렵.

7月21日

Jul

[로맨틱 2]

1 저녁놀을 보기 위해 바다로 간다.

2 눈을 감고
그 색을 똑똑히 기억한다.

3 돌아오는 길에, 앞서 본 저녁놀과
아주 비슷한 빛깔의 꽃을 찾아
그러데이션으로 사서 돌아온다.

4 침실에 장식하고 잠을 잔다.

7月22日

Jul

[로맨틱 3(저녁놀 욕실)]

저녁놀 빛깔의 꽃다발—
시들면
꽃잎을
모조리 뜯어
욕조에
띄운다.

7月23日

Jul

자전거 페달을
힘껏
서서 밟는다.
엉덩이를 흔들면서

7月24日

Jul

빰에 묻은
눈물을 핥는다.

7月25日

Jul

짝사랑을, 즐기기로 한다.

7月26日

Jul

[복숭아]

아침에 일어나서, 곧
차게 식힌 복숭아를
살짝 껍질을 벗겨 먹는다.

손가락에서 뚝뚝 떨어지는 과즙.
부드러운 복숭아가 으깨지지 않도록
세심하게 벗긴다.
손가락도 씨도 핥는다.

7月27日

Jul

「시트 말리기」

순식간에 마르는
여름의 행복.

바람이
시트 끝자락
만지는 것을 본다.

7月28日

Jul

[살아있는 것의 배 쓰다듬기]

따스함과
부드러움을 느낀다.

부서질 듯 부드럽고 따스한
튼튼한 몸.
기분 좋게 가만히 있을 때에
계속 보드랍게 쓰다듬는다.

- 개나 고양이, 작은 새, 햄스터의 배.
  혹은 연인의 배를.

7月29日

Jul

야간경기를 보러 간다.
(맥주나 탄산수 마시는 해질녘)

7月30日

Jul

쏘아올린 불꽃을
누워서
올려다본다.

7月31日

Jul

들어서
기분 좋았던 말.
몇 번이고 몇 번이고
되풀이하여
재생.

08 August

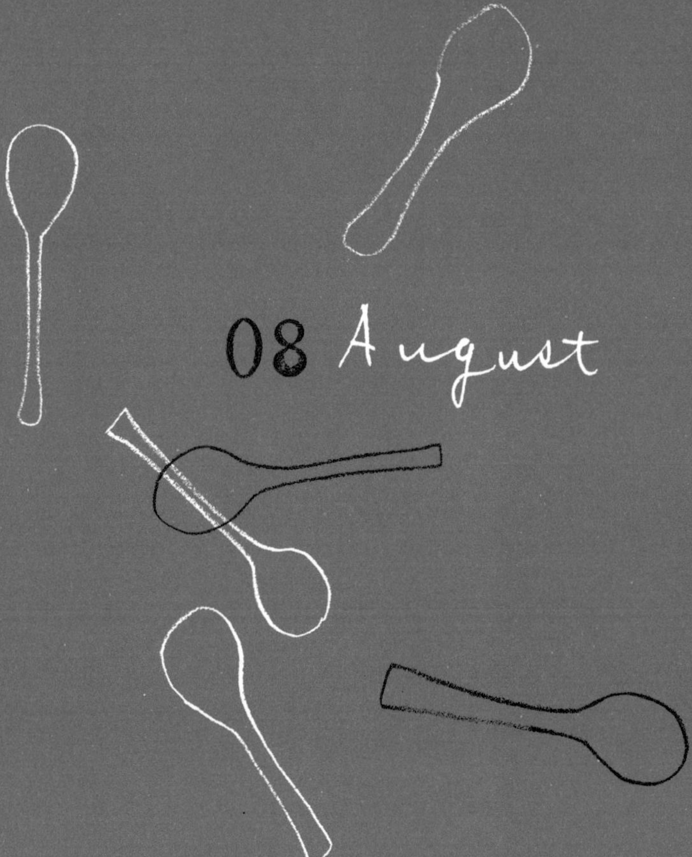

8月1日

Aug

일찍 일어나
인기척 없는 거리에서
마음껏
깡충깡충 뛴다.

크게 양팔을 흔들고, 마치 어린 아이처럼.

8月2日

Aug

챙이 큰 모자를 쓰고
햇볕이 쨍쨍 쏟아지는 한가운데에 선다.

대갈장군.
짧은 몸통의 내 그림자—

어린 아이 같은
짧은 그림자에게
모자를 벗고 인사한다.

8月3日

Aug

[여행]

본 적 없는
먼 사막의 낙타가
지금 무엇을 하고 있을까
한순간
생각해본다.

여행하는 기분으로—

8月4日

Aug

기차를 타고
먼 곳의
한여름 페스티벌을
보러 간다.

8月5日

Aug

부엌에 선 채
달큰한 토마토를
통째로 베어 먹는다.

8月6日

Aug

조금만
버둥대 보기로 한다.

8月7日 ✳ Aug

[로맨틱 4]

1 은하수를 보러 간다.

2 차갑게 식힌 사이다를 가지고.
(맥주도 좋다)

3 탄산의 거품을
입에 물면서—
떠오른 쌀알 같은
별무리를 본다.

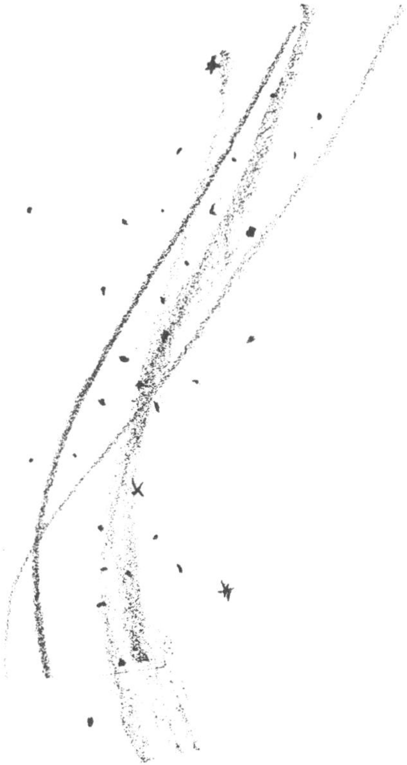

8月8日

Aug

인간이
서로 죽이지 않고 살아가는 세계를
꿈꾼다.

정보가 적은
작은 장소에서
바로 곁에 있는 사람과
간절히 손을 잡고 살아가는 것에 대하여
생각한다.

8月9日

Aug

해바라기 밭을
보러 간다.

8月10日

Aug

카레를 만들어
친구를 부른다.
잡곡밥이랑, 맛있는 빵을 준비한다.

큰 테이블에 여유롭게, 가 아니라
작은 테이블에
딱 붙어 앉는다.
많은 이야기 나눌 수 있도록.

8月11日

Aug

전차의 끝 차량에 올라
창으로
건널목 차단기가
차례로 열리는 모습을 본다.
「좀 더, 조금만 더」
「이제 열린다, 이제 곧 열린다」
라고 고대하면서.

8月12日

Aug

조금 미지근해진
오후의 바다에 들어간다.

발이 닿지 않는 장소에서
튜브에 매달려
발끝을
주저주저
한껏 아래로 뻗는다.

발가락 끝이, 선뜩하게 차다.
바다가 넓고 깊음을 안다.

8月13日

Aug

연인과
바다 속에서 키스를 한다.
몇 번이고.

8月14日

Aug

아빠의 손바닥을
느긋하게
마사지해준다.

8月15日

Aug

물가로 나간다.
물이 많이 있는 곳.
바다 강 호수 연못 분수 수영장
가능한 한 너른 장소로.

8月16日

Aug

근처의 여름 축제에 간다.

가까워도
잘 차려입고
샌들이 내는 소리를 들으면서
석양을 걷는다.

8月17日

Aug

음악에 맞춰
춤을 춘다.
엉터리로
기분 좋게
까불면서.

8月18日

Aug

[맨발의 마법]

잔디 위에서,
맨발이 되어본다.
(작은 돌멩이에 조심하고)

샌들을 손에
나무뿌리나 벽돌 아스팔트
흙 이끼 진흙 모래 헝겊 물웅덩이 등
차례로 발바닥을 대본다.
「안녕. 안녕.」
인사하듯 감촉을 확인한다.

까슬까슬

따끈따끈

콕콕

8月19日

Aug

강에서 헤엄친다.
흐름을 거슬러.

8月20日

Aug

유리구슬을
하늘에 비춰
안을, 들여다본다.

8月21日

Aug

「아침 물 뿌리기」

나팔꽃 꽃잎에
맺힌 물방울에
작게 비친 하늘을
찾는다.

8月22日

Aug

[저녁 물 뿌리기]

풀내음을
한껏 마신다.

8月23日

Aug

샤워 뒤의
낮잠.

낮잠 뒤의
보리차.

보리차 뒤의
저녁매미.

8月24日

Aug

[향불꽃놀이*]

불꽃이 타들어가는 소리가
점차
잦아드는 것을 지켜본다.

속눈썹 같은 빛이
작은 실보무라지처럼 사라지고
붉은 불덩어리가, 밤의 지면에
홀연히,
떨어질 때까지 끝까지 지켜본다.

*친구와 함께,
어느 쪽 불꽃이 오래 타는지 경쟁한다.

8月25日

Aug

하잘것없는 규칙은
깨기 위해.

8月26日

Aug

잠 못 드는 밤.
체념하고
아예 일어나서
밤 산책에
나서본다.

8月27日

Aug

내 변덕을 받아들이자.

8月28日

Aug

구부정한 등을 펴고
시원스레 걷는다.
뒷모습이
아름답게 보이도록.

8月29日

Aug

해질녘
어두워지기 전에 욕실에 들어간다.

씻고 나와서 마실
시원한 음료를 냉장고에 준비하고.
(아이스크림 또는 젤리도)

8月30日

Aug

동물과 함께
석양을 보러 간다.
개나 고양이랑

해가 떨어지고
따스한 온기를 품은
그 동물의
등을 쓰다듬는다.

8月31日

Aug

[모래사장]

모래사장에 나뭇가지로 그림을 그린다.
조개껍질로 그림을 그린다.
잊고 싶은 사람의 이름을 적는다.
모두 파도에, 실려 보낸다.

September

09

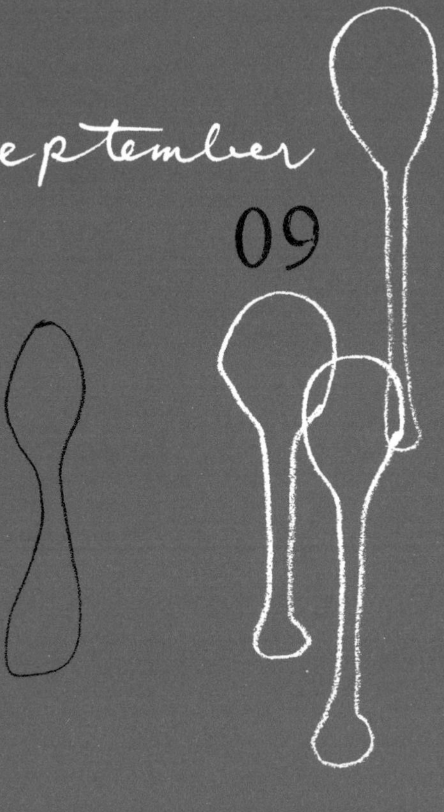

9月1日

Sep

평생, 친구로 있을 수 있는
놓아두기만 해도 즐거워지는
그런 나무 의자를
하나, 장만한다.

9月2日

Sep

천둥소리를 듣는다.
태풍소리를 듣는다.
나뭇가지가 우는 소리를 듣는다.
큰 빗방울이
유리창에 부딪치는 소리를 듣는다.

가만히 귀 기울인다.

9月3日

Sep

투명한
창에 바짝 붙어서
빗방울을 본다.

빗물 하나를 골라
그것이, 흘러내려
납작하게 터질 때까지
좇아
끝까지 지켜본다.

9月4日

Sep

무화과 설탕조림과
무화과 잼을 만든다.

무화과 설탕조림

1.

물 2컵에
설탕 100g을 넣고 끓인다.

2.

뜨거운 물에 담가
껍질을 벗긴 무화과(1팩)와
레몬즙(1/2개분)을 넣고
중불에서 10분.

3.

식혀 병에 담는다.

9月5日

Sep

잠시 여행을 떠나기 위해
작고 가벼운 가방을 산다.

언제든 곧장 떠날 수 있도록
베갯머리에 준비해둔다.

9月6日

Sep

[보드라운 악수]

고양이와(개와) 악수한다.

보드랍고, 노곤한 손목.

폭신한 손바닥을, 쓰담쓰담.

9月7日

Sep

누군가의 가슴이 아니라
홀로 이부자리에 엎어져 운다.
베개에 얼굴을 묻고 운다.

비밀의 눈물을
전부
그 안에
받아내기 위해.

9月8日

Sep

생각대로
해보기로 한다.
책임은
스스로 지면 되니까.

9月9日

Sep

술잔에
황금빛의 국화 꽃잎 띄우고,
해질녘의 달을 보면서
술을 마신다.

술잔에도, 비치는 달.
달이 든 국화주.

9月10日

Sep

다음 휴일을 위해
여행을 계획한다.
당일 돌아오게 되어도
외국이라도
이웃 마을이라도.

반드시
가본 적 없는 장소로
계획을 세운다.

9月11日

Sep

해본 적 없는 헤어스타일에
도전한다.

9月12日

Sep

「하얀 가을」

가을의 시작에,
제일 먼저
새하얀
긴소매 셔츠를 입는다.

9月13日

Sep

갓 말린
세탁물에
뺨을 문지른다.

9月14日

Sep

연인에게
싱싱한 배를 깎아준다.

차게 식혀서
투명한 유리그릇에 담아서
환한 양지에서
둘이서 먹는다.

9月15日

Sep

할아버지 할머니를 만나러 간다.
과자와 꽃을 들고.
『옛날 사진 보여주세요』
라고 부탁한다.

9月16日

Sep

햅쌀을
일어
밥을 짓는다.

9月17日

Sep

심호흡을 한다.

9月18日

Sep

망설여지면 멈춰 선다.
지쳤다면 쉰다.
울고 싶을 때는 운다.
그 어떤 것도
안 좋을 게 없다.

9月19日

Sep

「달밤이 되는 방법」

1 달빛을 받으며 눈을 감는다.

2 몸이 밤하늘 색으로 변하는 것을 떠올린다.

3 담백하고 납작하게 풀어져 밤으로 퍼져가는 나.

4 빛나듯이 잠든다.

9月20日

Sep

연인과
꼬옥, 끌어안는다.
한 그루의 나무처럼.

9月21日

Sep

[발을 예뻐하는 날]

정성껏 발을 닦는다.
마음에 드는 향기의 오일을 떨어뜨리고,
느긋하게 발을 씻는다.
발가락 사이도 마사지.
발목을 푼다.
새 타월로 토닥토닥 닦고—
보드라워진 발톱을, 깔끔하게 자르고
포근한 양말을.

9月22日

Sep

만리향 옆에서
가을바람의 내음을
맡는다.

9月23日

Sep

[가을의 열매]

역으로 가는 길에서
석류나 감
무화과, 모과, 밤 등
가을 열매가 열리는 나무가 어디 있는지
확인한다.

그것이 무슨 나무인지 알아보고 기억한다.
열매가 익기를 기다리며, 때때로 보러 간다.

9月24日

Sep

버스 여행을 떠난다.

9月25日

Sep

먼 데 있는 친구에게
맛있는
과일을 보낸다.

9月26日

Sep

그리운 노래를 부른다.

(잊어버린 가사를 열심히 떠올린다)

(혹은 멋대로 가사를 바꿔서 부른다)

9月27日

Sep

사람이 한 말에
현혹되지 않도록 한다.

9月28日

Sep

[새벽 소리]

새벽에, 귀를 기울인다.

새벽의
축축한 벌레소리가
밝은 새소리로 바뀌어가는 것을 듣는다.

9月29日

Sep

햇감자로
로즈마리 포테이토를 만든다.
버터로 향기롭게.
푸른 향기로, 조용히, 정성스럽게.

9月30日

Sep

「해질녘 장미」

완만한
장미색 석양을 보게 되면
그것이 벗겨져 떨어지듯
꽃잎이 되어
내리는 것을 상상한다.

—하늘 가득히
장미향이 감돌까.

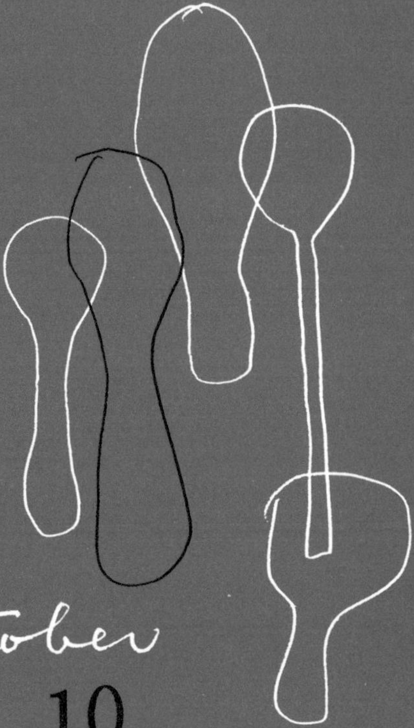

October

10

10月1日

Oct

가을밤—
친구와 오래 통화를 한다.
각자
이불 속에 들어가서.
『잘 자』
라고 말할 때까지.
잠이 들 때까지.

10月2日

Oct

잘 익은 감을
스푼으로
떠서 먹는다.

10月3日

Oct

단풍을
주우러 나간다.
한 잎 한 잎 주우면서, 걷는다.
빨갛게 빨갛게 익은
잎사귀 너머로
태양을 본다.

집으로 가져와, 책 사이에 끼운다.

10月4日

Oct

[도넛 하늘]

계피 도넛의 구멍으로
푸른 하늘을 엿본다.

먹으면서
몇 번이고 몇 번이고 들여다본다.

10月5日

Oct

[포기할 수 없는 사랑을, 포기하고 싶을 때]

1 그 사람의 이름을, 굵고 큰 글자로 적고 싶었을 때, 맞지 않았을 때를 떠올리면서 접고 접어서 주머니에 넣는다.

2
처음 가본 먼 곳에, 기차를 타고 가
그 종이를 그 거리의 쓰레기통에 버린다.
가능한 한 작게 찢고 찢어서.

3
다음날, 반드시 작별 전화를 건다.
(혹은 두 번 다시 연락하지 않는다)

10月 6日

Oct

[솜사탕]

가을 구름을 훑는다.
내 맘대로
구름의 이름을
새롭게
짓는다.

10月7日

Oct

육교에 올라
별 가득한 하늘을 본다.
고개가 아플 만큼 턱을 한껏 하늘로 들고서.

10月8日

Oct

버섯을 가닥가닥
손가락으로 가른다.
그때마다
축축한 산내음.

산의 향기 모두 담아 와인찜.
버섯 파스타.
수증기 피어오르는, 막 삶아낸 면에
버터 한 조각.

10月9日

Oct

놀러 오는
친구를 위해서
꽃을
작게
테이블에 장식한다.

10月10日

Oct

「보들보들 1」

비누를
보들보들
크림처럼 거품 일으켜
몸을 씻는다.

흰 거품의 드레스를
입은 사람처럼
보들보들, 몸에 두른다.

10
月
11
日

Oct

[보들보들 2]

비누를
보들보들
크림처럼 거품을 일어
부모님의 손등을
보드랍게 닦아준다.

때때로
함께 웃으면서.

10月12日

Oct

밤밥을 짓는다.

10月13日

Oct

길을 잃어
곤란한 것이 아니라—
헤매거나
멈춰 서는 것을
즐기고 있어.

10月14日

Oct

금빛의 은행잎을
한 장 주워서—
햇빛에 비춘다.
아래에서 본다.

내 얼굴에도 떨어지는 금빛에
깜빡깜빡, 깜빡이면서.

10月15日

Oct

자전거로
언덕길을 달려 내려온다.
앞머리에
바람이 닿는다.

10月16日

Oct

이번에 날이 밝으면
「작별」
을 말하기로 한다.

10月17日

Oct

전차 창으로
늘 보이는 경치 속에
마음에 드는 장소를 세 곳 찾아낸다.

마음에 드는 건물,
가보고 싶은 숲,
기분 좋을 것 같은 수영장.
등.

10
月
18
日

Oct

내내 말하고 싶었던 사람에게
말을 건네본다.

10月19日

Oct

작고
달고
딱딱하고
새콤한 홍옥사과(새빨간),
두 개.

간식으로 갖고
우울해하는 친구와 산책을 나간다.
바람을 맞으면서
아삭 하고 한 입 가득, 껍질째, 밖에서.

10月20日

Oct

하모니카를
불어본다.

10月21日

Oct

핫케이크를 굽는다.

10月22日

Oct

마음에 걸리는 것.
내내 듣고 싶었던 것.

오늘이야말로
이야기하자고 결심한다.

그 사람과의 관계가
이것으로 끝나도
서로를 위한 일이라 믿고서.
끝나지 않을 것이라, 믿고서.

10月23日

Oct

[새 1]

새를 동경해본다.

만일
내가 하늘을 난다면
날개를 퍼덕이기 위해
새처럼 두툼한 가슴 근육이 필요하다.
인간으로서
저런 볼품없는 몸매가 되어도
하늘을 날고 싶은지.
그 각오는 되어 있는지.

10月24日

Oct

[화창한 가을]

주머니에
라무네Ramune*를 넣고
산책을 나간다.

* 구슬 사이다

10月25日

Oct

큰 나무를 한 아름 안고.
까칠까칠한 나뭇가지에
귀를 대고
눈을 감고
나뭇가지의 소리를 듣는다.
물을 빨아올리는 소리를.

10月26日

Oct

석양이 질 때
사랑하는 사람과
은빛 억새밭을 걷는다.

해질녘 빛에
은빛이 금빛으로 변해가는 들판.

물결치는 금빛의 바다를, 헤엄치듯이 걷는다.
흔들리는 바다에 숨어들어
키스를 한다.

10月27日

Oct

「새 2」

새 따위를, 동경할 수 없다.
고 결정한다.

발로 걷는 행복을 느끼면서
지면을 힘껏 밟는다.

10月28日

Oct

[싹둑 싹둑]

머리카락을
한껏 짧게 잘라본다.
—싹둑싹둑

목덜미를 만지거나
고개를 흔들면서
하루 종일
기쁜 마음으로
그 소리를 확인한다.

10月29日

Oct

[귀]

온몸을 귀라고 생각하고
친구의 이야기를
가만히 듣는다.

10月30日

Oct

10년 뒤의 내게
편지를 쓴다.
10년 뒤, 잊지 말고
반드시 읽을 것.

10月31日

Oct

지루한 핑계는
이제 질색이다.
살아갈 날이 짧다.
가뿐히, 좋아하는 장소로.

11 November

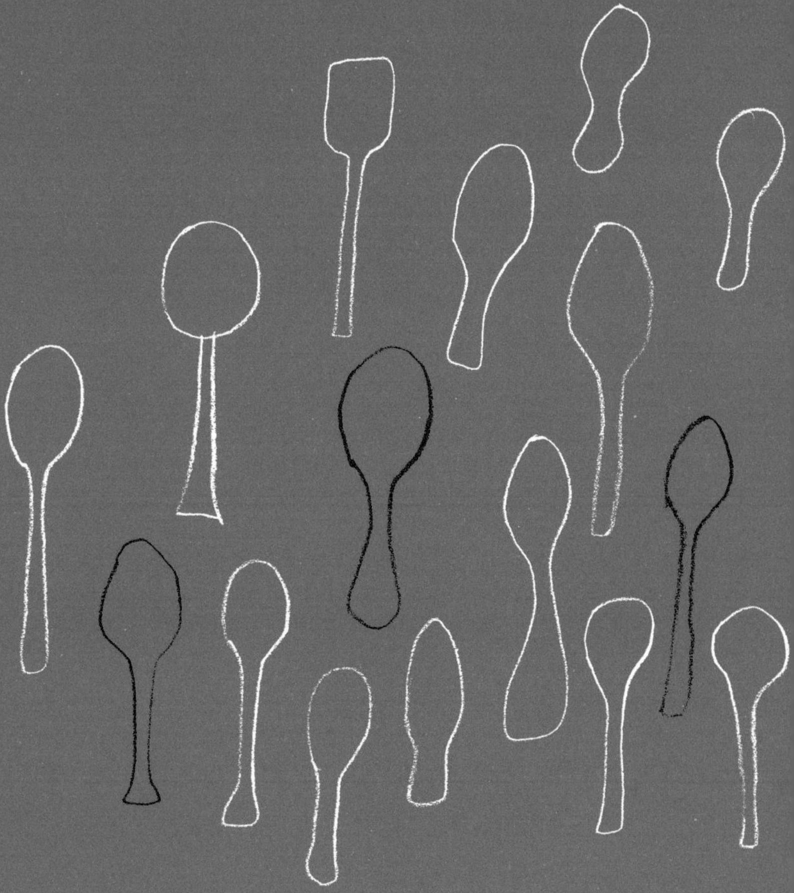

11月 1日

Nov

캐시미어를 한 장
장만한다.
스웨터든
머플러든
카디건이든.

11月2日

Nov

[화창한 초겨울]

양지에서 몸을 데우는
고양이의 등에
귀와 뺨을 댄다.

고양이가 가만히 있을 때
눈을 감고
고양이의 심장소리를 듣는다.

11月3日

Nov

가을의 푸른 하늘을 보면서
창을 반짝반짝하게
닦는다.

11月4日

Nov

짝사랑하는
사람에게
전화를 건다.

11月5日

Nov

마음에 걸리는 것,
사과해야 하지만
그저 그대로 놔둔 것.

용기 내어, 사과한다.

상대는 갑작스러울지 모르지만
내 마음을 잘 설명하면서,
솔직하게.
편지를 쓰는 것도 좋다.

11月6日

Nov

갓 만든 소바를 먹으러
외딴 동네의
국수집에 간다.
두근두근 기차를 타고서.

11月7日

Nov

형형색색의
낙엽을 밟으러
숲속에 간다.
수다는 삼가고.
한 걸음 한 걸음
그 소리에 귀 기울인다.

11月8日

Nov

겨울 기색이 느껴지는 밤
우유빵으로 차이[Chai]*를 만든다.
계피로.
카더몬으로.
생강(간 것)으로.
몽땅 넣어서.

* 인도식 밀크티

밀크티

1.

끓인 물에 홍차와
향신료를 넣는다.

2.

색이 나면 우유를 듬뿍 넣고
조금 끓였다가 불을 끈다.

3.

겨울이 추운 나라의
달콤한 맛, 메이플 시럽으로.

거른다

11月9日

Nov

「이불 커버 바꾸기」

따스한 모포를 꺼낸다.
부드러운 플란넬이나, 겨울 색의 커버로 바꾼다.

졸릴 때,
오랜만에 친구와 재회하듯이
사랑스럽게
꼬옥, 끌어안는다.

11月10日

Nov

정글짐 위에서
풍선껌을
후우욱 분다.

11月11日

Nov

벌렁 드러누운
개의(고양이의) 배를
간질이듯 쓰다듬는다.

11月12日

Nov

[스케치]

아무렇지 않게 지금 보고 있는 것에
키스하듯
스케치를 한다.

칫솔 가위 클립 시계 프라이팬
빈병 스푼 볼펜 지도책
콘센트 장갑 신발끈
손끝 배꼽
—당신의 손눈썹.

11月13日

Nov

「달 베어 먹기」

손 뻗으면 만져질 것 같은
노랗고 큰 달을 발견하면
끄트머리부터 베어 먹는 상상을 한다.

팬케이크처럼 폭신할까
비스킷처럼 바삭거릴까
별사탕처럼 와삭, 부서질까
달콤하긴 할까

11月14日

Nov

동물원에
겨울의 사자를
보러 간다

11月15日

Nov

봄을 위해 구근을 심는다.
눈바람꽃,
튤립, 크로코스 등.

겨울의 시작에
썰렁한
땅 속에, 조용히

11月16日

Nov

치즈토스트를 굽는다.
뜨끈뜨끈한 치즈를
실처럼 길게 늘이면서
뜨끈뜨끈할 때 먹는다.
(치즈가 길게, 길게 늘어나면, 더 좋고)

11月17日

Nov

욕조에
빨갛고 노랗게 물든 잎사귀를
띄우고
아직 밖이 훤한 동안에
창을 열고, 욕조에 들어간다.

무릎 위에 떨어지는
잎사귀 모양의 그림자가
밝은 색으로 흔들리는 것을 본다.

11
月
18
日

Nov

냄비를 준비하고
누군가를 기다린다.
정성껏 국물을 내고
그 향기의 김으로 가득한 방에서
고대한다.

11月19日

Nov

흰 벽에 생긴
밝은 데서
그림자놀이를 한다.

11
月
20
日

Nov

정성껏
밀크코코아를 끓인다.
냄비로, 보글보글
거품 이는 코코아.
(끓어 넘치지 않도록 주의. 시선을 떼지 말자)
혹시 있으면, 마시멜로도 띄우고.

11月21日

Nov

내 자신의
약한 데를
펼쳐 보이는 연습.

11
月
22
日

Nov

알사탕을
와자작
깨문다.

11月23日

Nov

[그림자와 악수]

해질녘 가로수 그림자를
밟으며 걷는다.

도저히 닿을 수 없는, 높은 나무의 꼭대기.
그 나뭇가지의 그림자를 만지며
「안녕」
말을 건네고, 나뭇가지와 악수.

11月24日

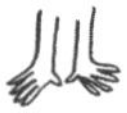

Nov

물구나무를 서 본다.

11月25日

Nov

저녁놀을 보러 간다.

마지막까지 지켜본다.
구름 색이 변해가는 모습—
그 형태의 변화를—
하늘이 제비꽃 빛깔이 되어
하루를 종료할 때까지 지켜본다.

오래된 고목처럼 침묵한 채.

11月26日

Nov

늘어지게 늦잠을 잔다.

11月27日

Nov

이불을 말린다.
부풀어 따스해진
이불에
뺨을 부비부비.

햇볕 냄새.

꼬옥, 끌어안는다.

11月28日

Nov

큼지막한 모포를 들고,
연인과(친구와) 겨울별을 보러 간다.
둘둘, 함께 모포를 두르고
하늘을 올려다보고 유성을 헤아린다.

가지고 갈 것
- 물통에, 따끈한 음료
- 쌍안경
- 별자리 도감
- 초콜릿

11月29日

Nov

용기를 내어
쓰리고 아픈 내 마음을
만져준다.

쓰다듬는다.

따스하게 안는다.

11月30日

Nov

비록
상처받아도
침을 바르고
반창고.

12 December

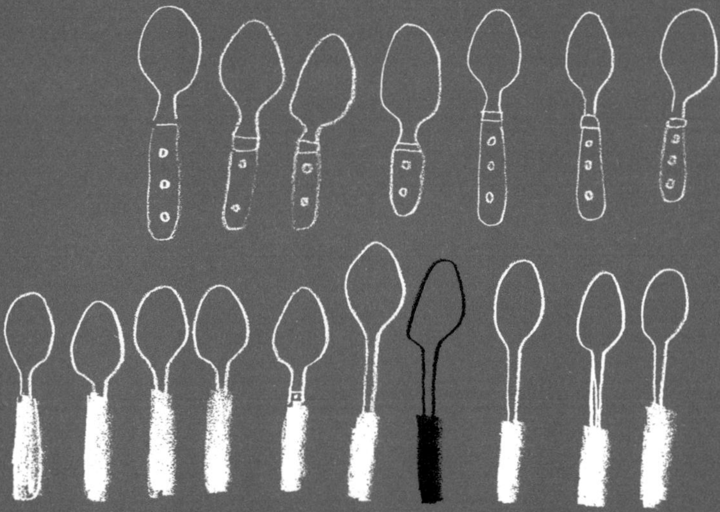

12月1日

Dec

화해하기 위해
싸움할 결심을 한다.
제대로 싸우고
제대로 화해한다.
도망치지 않는다.

12月2日

Dec

[화창한 겨울]

주머니에
캐러멜을 넣고
산책한다.

12月3日

Dec

따뜻한 방에서
몰랑한 물방울 달린
유리창에
손가락으로 그림을 그린다.

12月4日

Dec

겨울새가
일제히
날아오르는 것을 본다.

그때
마음이
일순 빛나는 것을
느낀다.

12月5日

Dec

근심이나 불안으로
용기가 생기지 않을 때의
주문.

—노 씽킹

12月6日

Dec

따끈따끈 고로케를
한 입 가득 베어 먹으면서
걷는다.

12月7日

Dec

고양이처럼
기지개를 켠다.
쭈우욱.

12月8日

Dec

엄마에게
맛있는 스튜를
만들어드린다.

12月9日

Dec

[크리스마스 준비]

친구가
깜짝 놀랄 만한
선물을 생각한다.

12月10日

Dec

마음에 쏙 드는 머플러를
나란히 놓아본다.

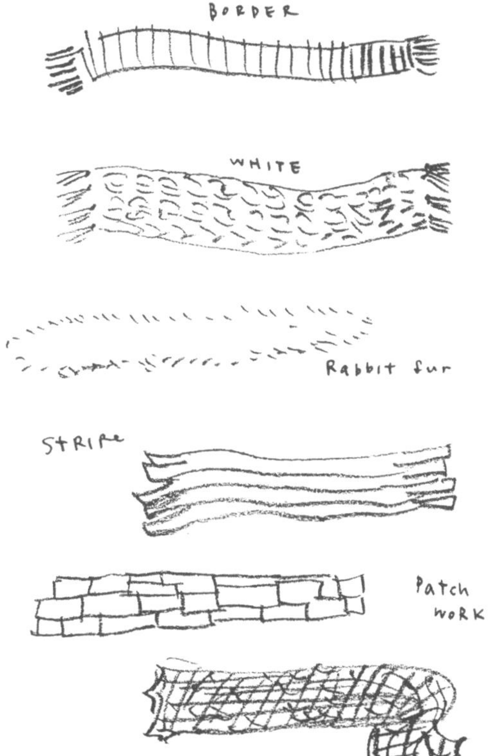
BORDER
WHITE
Rabbit fur
STRIPE
Patch
WORK
Race

12月11日

Dec

[저녁놀의 맛]

형형색색의 저녁놀—

오렌지 포도색
장미색 제비꽃 색 라즈베리 색
레몬색 감색
그 색들의 공간을 한 숟가락
스푼으로 떠서 입에 넣는 상상을 한다.

그 장소는
어떤 맛일지 떠올려보면서.

12月12日

Dec

코트의
주머니 안에서
손을 맞잡는다.

12月13日

Dec

[꿈]

꿈이란
원하는 직업이 아니라,
내 일을 사랑하는 것.

지금을 기쁘게 살기 위해 내다보는 미래.
분명히 눈을 들어, 본다.

12月14日

Dec

딱 하나의 계획을
행동으로
옮긴다.

12月15日

Dec

보드럽고
까슬까슬하지 않은
니트 모자를
장만한다.

12月16日

Dec

친구나 연인과
겨울 바다에 간다.
머플러 둘둘 감고
코트 입고서
모래사장에 누워
빠져들 것 같은
하늘을 본다.

12月17日

Dec

훈훈한 방에서
차가운 귤을
볼에
댄다.

12月18日

Dec

연인과
손바닥 크기를
재본다.

발 크기를
재본다.

신발을 바꿔
신어본다.

12月19日

Dec

지금 막, 같은 시간에,
머나먼 얼음의 나라에서
오로라가
형형색색의 날개를
펼치고
빛나고 있는 모습.
환상 같은 밤을
떠올려본다.

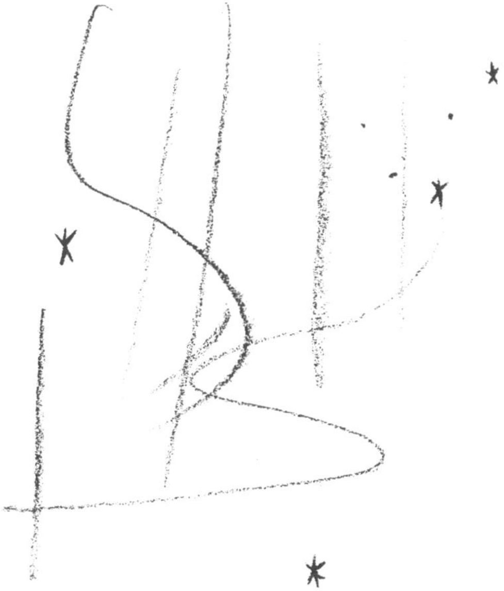

12月20日

Dec

음악을 틀고
청소를 한다.
청소기 돌리며
큰 목소리로 노래를 부른다.

12月21日

Dec

[유자]

유자탕에 들어간다.
물에 불은 유자의
달큰한 냄새를 맡으며
욕조 안에서
무릎을 안아 동그랗게 되어본다.
—유자처럼.

12月22日

Dec

조용한 음악을
작게
아주 작게
틀고
잠든다.

12月23日

Dec

호두와 초콜릿
케이크를 굽는다.
틀에서
벗겨낼 때의 그 행복

12月24日

Dec

「크리스마스이브」

양초에 불 밝히고
불의 끄트머리가
셀로판처럼
구깃구깃 흔들리는 것을 바라본다.

고요한 밤
마음속으로 기도한다.

12
月
25
日

Dec

「크리스마스 선물」

나 이외의 누군가가
기쁘게 웃어줄 것 같은 것 하나.
그리고
내 마음이,
따스해지는 온기 같은 것 하나.

12月26日

Dec

앞으로 사흘의 목숨이 남았다면—

무엇을 할까

5가지만 생각한다.

12月
27日

Dec

앞으로 사흘의 목숨이 남았다면—

지금 내 자신의 성격
내가 보고 있는 세계
내가 생활하는 장소
내게 소중한 사람들
내가 할 수 있는 것—
모든 것이 3일 안에 사라져 버린다면
내려놓을 수 없는 것은 무엇일까?

12月28日

Dec

사랑하는 사람에게
키스를 한다.

평생에 한 번 같은
무엇과도 바꿀 수 없는
처음이자 마지막 같은
애절함으로.

눈물처럼
사랑스럽게.

12月29日

Dec

사랑하는 사람을 위해
기도한다.

모르는 사람을 위해
기도한다.

12月30日

Dec

소망하는 게 아니라
기도한다.

12月31日

Dec

믿어보기로 한다.

나가며

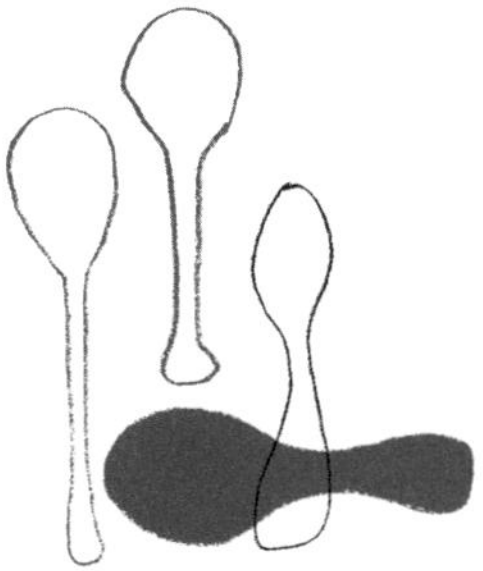

어릴 적 「설탕 한 스푼」이라는 노래를 좋아했다.
처음으로 극장에서 봤던 디즈니 영화 〈메리 포핀스〉에 나오는 노래다.
「쓴 약도 한 스푼의 설탕으로 먹을 수 있다.」
「안 좋은 일도, 힘든 일도, 한 스푼의 설탕으로 즐거운 게임이 된다.」
마법사 메리 포핀스는 이렇게 노래한다.
영화 속의 어린이들은 그 노래를 부르면서 어느 사이엔가 마법을 부리기 시작한다.
나는 이 노래가 나오는 장면에서 나도 어쩌면 마법을 부릴 수 있을지 모른다고, 아주 순진하게 믿었었다.

때때로 내가 살고 있는 세계는 행복도 불행도 없고, 사실만 있어서 모든 게 환상일지 모른다고 생각한 적도 있다.
이 세상에는 슬픔만 있고 행복 같은 건 없다고 말하는 사람도 있다.
그러나 세상 사람들이 「행복은 그저 환상일 뿐」이라고 말해도 매일 먹는 뜨거운 수프의 열기, 화창한 하늘 빛, 달콤한 꿀 한 스푼에 도무지 행복을 느끼지 않을 수 없다.
기쁘게 살아가는 삶은 소중할 뿐. 환상이 어떤지는 아무래도 상관없다.
어른이 되어서 나는 알았다. 자신을 위해 스스로 행복한 마법을 거는 것, 그것은 희망 속에서 살아가도록 하는 「지혜」라는 것을.
하물며 그것은 일상의 웃음소리처럼, 자신의 발아래서 데굴거리는 돌멩이 같은 것임을.

엄청 좋아했던 그 영화의 노래처럼, 매일 한 스푼의 마법을 걸 수 있는 - 그런 책을 만들었으니 기쁘고 행복하다.

A
SPOONFUL
OF
SUGAR.

365 행복한 스푼

초판 1쇄 인쇄 2017년 12월 1일

지은이 오나리 유코
옮긴이 박재현
펴낸이 김태수
디자인 정다희
펴낸곳 엑스오북스
출판등록 2012년 1월 16일(제25100-2012-11호)
주소 경북 김천시 개령면 서부1길 15-24
전화 02-2651-3400

ISBN 978-89-98266-23-3 (02830)

잘못 만들어진 책은 구입하신 곳에서 바꾸어 드립니다.
값은 뒤표지에 있습니다.

이 도서의 국립중앙도서관 출판예정도서목록(CIP)은
서지정보유통지원시스템 홈페이지(http://seoji.nl.go.kr)와
국가자료공동목록시스템(http://www.nl.go.kr/kolisnet)에서
이용하실 수 있습니다. (CIP제어번호 : CIP2017027558)